Julia y el león

Hortensia Moreno

Ilustraciones de Verónica Murguía

ediciones **sm**

Dirección editorial: Patricia López Zepeda

Ilustraciones y cubierta: Verónica Murguía

D.R. © SM de Ediciones, S. A. de C. V., 1999
Cóndor 240, Col. Las Águilas, 01710, México, D. F.
www.ediciones-sm.com.mx
Tel. 5660 2090

Primera edición: México, 1999
Segunda edición: México, 2000
Tercera edición: México, 2004

ISBN: 968-7791-76-4 Colección El Barco de Vapor
ISBN: 970-688-537-4 SM de Ediciones, S. A. de C. V.

Impreso en México / *Printed in Mexico*

Cuento soñado para Julia
cuando era pequeña pequeñita

Éste era una vez
un león que trabajaba de gato.

Vivía en el quinto piso
y trabajaba en la planta baja.
Todos los días
tenía que bajar la escalera
larguísima,
agarradito del barandal
porque tenía vértigo.

Llegaba a su empleo
a tiempo y predispuesto,
aunque el traje de gato
estaba muy gastado
y le quedaba un poco chico.
Por las costuras
empezaba a asomarse
su piel de león.
Tenía que ir al sastre.
Pero no tenía tiempo.
Trabajaba de gato todo el día.
Sólo descansaba el domingo
y ese día no hay sastres.

Se acurrucaba entonces
sobre las costuras descosidas
y fingía dormir, pero dormía poco,
porque era un león muy nervioso
y quería hacer muy bien su trabajo:
no fueran a descubrir,
debajo de su disfraz,
su pelo castaño un poco deslucido.

Hacía mucho tiempo
que no le daba el sol
y no corría por las praderas
y nadie le cepillaba el lomo
con un cepillito de cerdas gruesas
y por eso su pelo no brillaba
como brillan los pelos
de los otros leones.

No le gustaba mucho su trabajo,
pero era el único empleo posible,
si no quería terminar
en el circo o en el zoológico.
Era aburrido
estar todo el santo día
echadito en el sillón.

Todas las mañanas
a las diez
procuraba afilarse las uñas
en el sillón.
Lo hacía quedito, quedito,
para no despertar sospechas,
y juntaba el aserrín
debajo del tapete.
Unos días arañaba aquí,
otros allá,
a veces delante,
a veces detrás.

Poco a poco,
el mueble se iba gastando.
Ya sólo quedaban
unos palitos frágiles.
Poco a poquito
había ido sacando
la borra del asiento;
ya se asomaban los resortes.
Un día sólo iban a quedar
cuatro astillas
y alguien se iba a dar un golpe
si se sentaba allí.

Aunque nadie
se sentaba en ese sillón
–y eso lo tranquilizaba–,
porque era el sillón del gato,
que no era gato, sino león,
pero nadie lo sabía.
A él era
a quien se le encajaban
las puntas de los resortes
y tal vez era por eso
que su traje de gato
se estaba descosiendo
de las orillas.

Pero un día
la pequeñísima Julia
comenzó a andar.
Nunca nadie
se había metido con él en su empleo.
Le dejaban hacer
su trabajo de gato sin molestarlo.
Nadie le llamaba la atención
ni lo regañaba,
porque el trabajo estaba bien hecho:
desde que él llegó,
ningún ratón se atrevía siquiera
a asomar la nariz por esa casa.

En cambio,
Julia tenía curiosidad.
Caminaba por toda la casa
y agarraba todo.
Todo se quería comer.
Quería tener que ver con todo.
Todo era asunto de Julia
desde que aprendió a caminar.

Andaba por ahí
envuelta nada más en su pañalito
mira que te mira y toca que te toca.
   Esto preocupaba muchísimo
al león.
Tanto tanto
que no comía
su alimento para gatos:
unas galletitas muy sabrosas
y siempre rebosantes en su plato.
Cada vez dormía menos.

Vigilaba siempre a la pequeñita.
Cuando se le acercaba demasiado,
se incorporaba
con un bostezo de gato
y daba un brinco enorme
hasta la repisa del rincón,
donde nadie podía alcanzarlo.

Pero esa repisa era horrible.
Estaba llena de polvo,
porque los plumeros
no alcanzaban a llegar hasta allá.
Sólo vivían en la repisa
dos arañas
y se tenían que arrinconar
para no ser aplastadas
por un león despavorido.

Era una repisa incómoda.
Al sillón se le asomaban
las puntas de los resortes,
pero si uno se sabía acomodar
–y el león era un maestro
en eso de acomodarse–,
se podía quedar ahí
días enteros o semanas.

da da da

En cambio en la repisa,
al león le dolían los huesos
a los dos minutos.
Sin embargo,
estaba a salvo ahí.
Desde esas alturas inalcanzables
miraba a Julia.
Ella lo señalaba
con un dedito minúsculo
y decía: "da, da, da".

El león
entendía perfectamente bien
ese lenguaje. Quería decir:
"león, baja de allí,
quiero jugar contigo".

Julia no le caía mal al león.
Le caía bien.
Era una niña divertida.
Pero no quería jugar con ella
porque era un león
disfrazado de gato.
Y su traje estaba muy viejo.
Tenía miedo
de que las costuras
se acabaran de romper.
Las niñas chiquitas
no saben tener cuidado.

¡Lo tenía que agarrar dormido!
Eso era lo que el león más temía.
Pero dormía tan mal,
de día o de noche,
y estaba ¡tan cansado!

Una mañana,
después de sacarle al sillón
otro poquito de aserrín,
el león cayó rendido.
Julia se acercó muy quedito,
no hizo nada de ruido.
Porque ya lo conocía, al león.
Nada más quería tocarlo.
Ver cómo era ese gato tan raro,
con su cola siempre escondida
debajo de la panza.

El león escondía el rabo
porque los leones tienen un pompón
en la punta de la cola.
No se lo quería rasurar:
era su orgullo
esa borlita amarilla de pelos de león.

El león roncaba muy dormido,
un poco chueco,
para evitar la punta de un resorte.
Estaba soñando con África.
Corría por las praderas
con la melena al viento
y todos sus amigos.

Julia se acercó despacito
y lo vio de cerca.
Lo tocó con un dedo.
Estaba caliente.

Miró bien y se encontró
con el agujerito de la costura,
junto a la axila del león.
Metió el dedo.
El león despertó.
El dedo de Julia
le estaba haciendo cosquillas.
Se llevó un gran susto
cuando la vio.

De un solo salto
se subió a la repisa.
Una de las arañas
quedó abajo del león.
No podía ni respirar.
Se hizo bolita, la araña.

Julia era muy traviesa.
No se podía estar quieta.
El león la observó todo el día.
A Julia
le dieron de comer a la una
y batió toda su papilla.
El león no bajaba.

A las dos,
le dieron a Julia un biberón.
El león no bajaba.

A las tres, Julia
no quiso jugar con sus juguetes.
Señalaba con su dedito
hacia la repisa.
El león no bajaba.
Ya le dolían las costillas,
pero no bajaba.

A las seis
se llevaron a Julia a bañar.
El león bajó
todo maltrecho
y polvoso.

Checó su tarjeta
y se fue a dormir.
Pero la preocupación
no lo dejaba dormir.

Estaba pensando
que lo iban a descubrir.
Ya no iba a poder trabajar ahí.

Iba a tener
que irse a buscar otro trabajo,
quién sabe dónde.
En el circo o en el zoológico.

Y si no encontraba trabajo,
se iba a quedar en la calle.
Y se iba a mojar con la lluvia.
Estaba muy triste.

A la mañana siguiente,
muy tempranito,
como todos los días,
se levantó el león
y se puso su traje de gato.

Se peinó dos o tres pelitos
que siempre se le alborotaban
junto a los ojos.

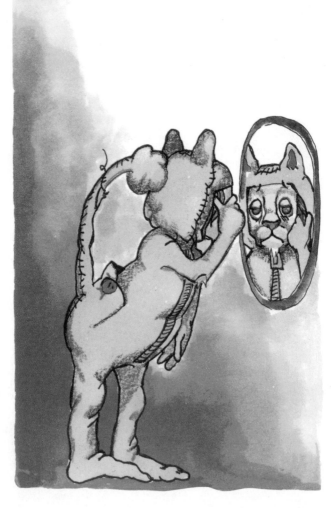

Bajó la escalera
muy despacio,
porque con el insomnio
se le agravaba el vértigo.

Llegó puntual.
Dio dos o tres lengüetazos
a su platito con leche
y se acostó en el sillón.

Julia ya estaba ahí,
esperándolo.
Era tan chiquita
que podía esquivarla.

Julia se acercaba
y el león se iba para allá.
Julia lo perseguía
y el león brincaba
para el otro lado.
No tenía ganas
de subir a la repisa:
todavía le dolían
todos los músculos
y las articulaciones.
Pero la niña era muy terca.
No entendía
eso de estarse quieta.

Por fin, el león
se dejó tocar.
Pensó: "a lo mejor,
así se le quita la curiosidad
y me deja en paz".

Julia enloqueció de júbilo.
Agitaba las manitas
y gorjeaba como canario,
como golondrina,
como colibrí.
El león la miraba pacíficamente,
esperando que terminara de jugar.

Pero las chiquitas
no dejan de jugar.
Nunca terminan.
Siempre
hay que arrancarlas del juego
y siempre lloran
porque jamás se cansan de jugar.
Siempre
se quieren quedar otro ratito
y otro y otro.
Y ahora Julia
acababa de descubrir
este nuevo juguete peludo.
Estaba encantada.

"Bueno, ni modo",
pensó el león.
"Jugaré con esta niña
hasta que me descubran."
Porque no se quería
volver a subir a la repisa
nunca más, en toda su vida.
Entonces,
dejó que Julia jugara con él.

Dejó que le metiera
la mano en las fauces,
hasta el cogote.
Dejó que lo jalara de las patas.

Dejó que le picara los ojos.
Dejó que le mordiera la cola.

Todo lo que se le ocurrió
hacer a la bebé,
el león se dejó
sin siquiera chistar.
Sin maullar ni gruñir ni ronronear.
Quietecito como una muñeca de trapo.

El león tenía la esperanza
de que la niña
se aburriera pronto de él,
pero Julia no se aburría.
El león ya estaba harto
y Julia seguía dando guerra.
Llevaban horas jugando
y Julia como si nada,
como al principio:
pica que te pica,
muerde que te muerde,
jala que te jala.

Todavía faltaba mucho rato
para la hora del almuerzo
cuando el león se desesperó
y pegó un brinco hacia la repisa.

Pero esta vez,
Julia lo tenía
bien agarrado de la cola.
Fue entonces
cuando ocurrió lo inevitable:
el traje de gato se rompió
y el león se quedó sin disfraz.

La niña lo miró asombrada.
¡Oh, qué enorme melena!
¡Qué músculos tan poderosos!
¡Qué garras tan afiladas!
Todo esto
lo dijo Julia en su idioma,
porque todavía
no sabía hablar en español.
Pero el león la entendió
perfectamente bien.

Estaba perdido.
"¿Qué voy a hacer ahora?",
se preguntaba muy triste
mientras la niña reía jubilosamente
por el descubrimiento.
Ni siquiera trató
de esconderse en la repisa.
Pensó:
"cuando me vea la mamá de Julia,
me dirá: ¡estás despedido!"

Pero eso
no ocurrió ese día,
y no ocurre todavía.
Nadie sabe exactamente por qué.
Tal vez fue
porque ni la mamá
ni el papá de Julia
habían visto nunca
un león de verdad
o tal vez fue
que no se fijaron.
Lo cierto es que,
desde aquel día,
nuestro león ya no tuvo
que ir a trabajar disfrazado
y Julia pudo jalarle
la cola por el pompón,
sin que nadie se inmutara.
Y vivieron muy felices.

Se terminó de imprimir en junio de 2004
en Digital Oriente S.A. de C.V.
Calle 20 Mz. 105 Lt. 11 Col. José López Portillo
México, D.F., C.P. 09920